La Bête humaine

FichesdeLecture.com

LA BÊTE HUMAINE (FICHE DE LECTURE)   4

I. INTRODUCTION

L'auteur

L'œuvre

II. RÉSUMÉ DU ROMAN

Chapitre I

Chapitre II

Chapitre III

Chapitre IV

Chapitre V

Chapitre VI

Chapitre VII

Chapitre VIII et IX

Chapitre X

Chapitre XI et XII

III. ÉTUDE DES PERSONNAGES

Jacques Lantier

La locomotive, la Lison

IV. AXES DE LECTURE

Caractéristiques de la fresque romanesque des « Rougon-Macquart »

Le naturalisme de Zola

Un roman expérimental

DANS LA MÊME COLLECTION EN NUMÉRIQUE   12

À PROPOS DE LA COLLECTION   19

La Bête humaine
(Fiche de lecture)

I. INTRODUCTION

L'auteur

Émile Zola est né en 1840 et mort en 1902, c'est un écrivain, journaliste et homme public considéré comme le chef de file du naturalisme. Il est l'un des romanciers français les plus populaires, l'un des plus publiés, traduits et commentés au monde.

Très tôt, il manifeste sa passion pour la littérature. Il lit beaucoup et projette déjà de devenir écrivain. En sixième, il rédige un roman sur les croisades. Il est aussi influencé par des auteurs contemporains, comme Jules Michelet ou encore Balzac.

Ayant échoué au baccalauréat, il est employé aux écritures aux Docks de la douane. Puis il travaille chez Hachette comme commis dans sa librairie. Dès 1863, il écrit dans des rubriques de critique littéraire et artistique de différents journaux, comme « L'Événement », « La Cloche », « Le Figaro ».

Ses romans ont connu de très nombreuses adaptations au cinéma et à la télévision. Sur le plan littéraire, il est principalement connu pour « Les Rougon-Macquart », fresque romanesque en vingt volumes dépeignant la société française sous le Second Empire et qui met en scène la trajectoire de la famille des Rougon-Macquart, à travers ses différentes générations et dont chacun des représentants d'une époque et d'une génération particulière fait l'objet d'un roman.

L'œuvre

« La bête humaine » est publié à Paris en feuilleton dans la « Vie populaire » du 4 novembre 1889 au 2 mars 1890, et en volume chez Charpentier en 1890. Ce dix-septième volet de la série des Rougon-Macquart réunit progressivement : le thème du meurtre et de l'institution judiciaire, et la description du monde des chemins de fer. Outre son aspect documentaire, « La Bête humaine » est un roman noir, sorte de thriller du XIXe siècle.

L'auteur s'est inspiré de quelques affaires criminelles célèbres, il a voulu faire un roman du crime et de l'enquête policière différent de ceux des contemporains, notamment de « Crime et châtiment » de Dostoïevski. Après avoir essayé une centaine de titres et failli choisir « L'inconscient », il finit par retenir « La bête humaine ». L'œuvre a été de nombreuses fois adaptée au cinéma.

II. RÉSUMÉ DU ROMAN

Chapitre I

Roubaud, sous-chef de la gare du Havre, a épousé Séverine qui est protégée par le riche et vieux président de la Compagnie de l'Ouest, Grandmorin, qui l'a débauchée lorsqu'elle était toute jeune. Son mari, qui le devine, veut se venger.

Chapitre II

Le mécanicien Jacques Lantier est venu passer la journée chez sa marraine Phasie la garde-barrière, mariée à Misard, dont la fille Flore est attirée par Jacques. Celui-ci, avec toutes les femmes qu'il aime physique-ment, est pris d'une pulsion criminelle à laquelle il tente d'échapper. Mais, du bord de la voie, il aperçoit, dans le train qui passe, Roubaud assassinant Grandmorin dont on découvre bientôt le corps.

Chapitre III

Au Havre, on apprend la nouvelle : Roubaud donne une version men-songère qui semble convaincre, seul témoin Lantier, se tait.

Chapitre IV

L'instruction est difficile en raison des enjeux politiques : on soupçonne les Roubaud qui ont hérité d'une maison, mais aussi un personnage très fruste, Cabuche, amoureux d'une jeune fille violentée par Grandmorin.

Chapitre V

Séverine vient à Paris plaider sa cause auprès d'un haut fonctionnaire impérial qui pressent sa culpabilité, mais laisse le juge Denizet s'engager sur de fausses pistes.

Chapitre VI

Faute de preuves, la justice ne désigne aucun coupable. Mais le couple Roubaud, après quelques moments de tranquillité, se disloque : lui fait des dettes de jeu qui l'amènent à puiser dans l'argent volé à Grandmorin, elle tombe amoureuse de Jacques.

Chapitre VII

Jacques a de la peine à dégager sa machine, la Lison, arrêtée deux fois par la neige.

Chapitre VIII et IX

Sa liaison avec Séverine lui fait retrouver ses pulsions de meurtre, mais il n'arrive à tuer ni son amante ni le mari de celle-ci, qui devient gênant.

Chapitre X

Phasie a été empoisonnée par Misard qui voulait s'emparer de son magot, et Flore, jalouse, veut tuer les amants. Pour cela, elle organise un accident, qui fera des morts, mais n'atteint pas les personnes visées. Elle se suicide.

Chapitre XI et XII

Lantier, recueilli et soigné par Séverine, la tue et l'on inculpe Cabuche, que des preuves mal interprétées semblent accuser. Lantier échappe à la justice, mais son chauffeur Pecqueux, dont il a séduit la maîtresse, se bat avec lui. Ils tombent tous deux de la locomotive qui entraîne le train vers la mort à une vitesse folle. On va vers la guerre de 1870.

III. ÉTUDE DES PERSONNAGES

Jacques Lantier

Mécanicien sur la ligne Paris-Le Havre, Jacques Lantier a 26 ans. C'est le fils de Gervaise Macquart et d'Auguste Lantier. Il a grandi à Plassans, il éprouve depuis l'enfance des douleurs qui lui traversent le crâne. Ces douleurs continuent à la puberté, s'accompagnant de pulsions meurtrières auxquelles il n'arrivera jamais à échapper vraiment : le désir physique d'une femme s'accompagne chez lui d'un irrésistible besoin de la tuer que Zola rattache à l'alcoolisme des Macquart.

Il vient souvent lorsqu'il est en congé chez sa marraine Phasie Misard, qui vit dans le logement de fonction du garde-barrière. Sur le point de posséder sa cousine Flore, il préfère fuir, car il s'apprêtait à la tuer. Étreindre une femme peut le mener à l'égorger : « Il ne s'appartenait plus, il obéissait à ses muscles, à la bête enragée… Il payait pour les autres, les pères, les grands-pères qui avaient bu, les générations d'ivrognes dont il était le sang gâté, un lent empoisonnement, une sauvagerie qui le ramenait avec les loups mangeurs de femmes, au fond des bois ».

Il est dominé par « la bête enragée qui montait en lui ». Il a hérité de Tante Dide : « La famille n'était guère d'aplomb, beaucoup avaient une fêlure. Lui, à certaines heures, il la sentait bien, cette fêlure héréditaire. Il ne s'appartenait plus, il obéissait à la bête enragée. Il payait un lent empoisonnement, une sauvagerie qui le ramenait avec les loups mangeurs de femmes, au fond des bois ». L'unique amour de sa vie est la locomotive, la Lison. Il devient cependant l'amant de Séverine Roubaud et se pense guéri.

En réalité, ce qui attire Jacques chez Séverine, c'est qu'elle soit criminelle. En effet, avec son mari ils ont orchestré le meurtre de Grandmorin. Il est admiratif du fait qu'ils aient« osé le faire », « osé tuer ». Mais un jour, il finit par massacrer sa maîtresse. À la différence de Thérèse Raquin et de Laurent, il n'éprouve aucun « remords », au contraire, un immense soulagement. Zola met en scène un personnage passif, victime de son tempérament et de l'hérédité.

La locomotive, la Lison

La locomotive est un personnage à part entière. Elle incarne notamment la « bête humaine » du titre c'est une machine qui a été créée par les humains, mais connaît des moments crises, comme des échappements brusques, des explosions destructrices.

Elle entretient des relations avec les êtres humains, Jacques l'aime comme on aime une femme, il l'idéalise. Le chapitre VII lui est entièrement consacré, sa percée à travers la neige est décrite comme s'il s'agissait de la progression d'un héros face à une rude épreuve : « Il semblait qu'elle s'engluait [...] de plus en plus serrée, hors d'haleine. Elle ne bougea plus. La neige la tenait, impuissante ».

Flore, la fait dérailler pour tuer Séverine et Jacques. La mort de la Lison est alors décrite ainsi : « La Lison, renversée sur les reins, le ventre ouvert, perdait sa vapeur ».

IV. AXES DE LECTURE

Caractéristiques de la fresque romanesque des « Rougon-Macquart »

En 1867, Zola publie un roman, « Thérèse Raquin », qui, sans en faire partie, annonce le cycle des « Rougon-Macquart », tant par les sujets abordés (l'hérédité, la folie) que par les critiques qu'il suscite : la presse traite en effet l'auteur de « pornographe », d'« égoutier » ou encore de partisan de la « littérature putride ».

Dans Madeleine Férat, récit publié en feuilleton en 1868, apparaissent les deux thèmes dominants de sa gigantesque œuvre à venir, l'histoire naturelle et les questions d'hérédité et l'histoire sociale.

Lorsqu'il décide d'entreprendre sa vaste fresque romanesque, Zola élabore toute une série de réflexions préliminaires. Par souci de méthode, il veut établir un plan général, avant même d'écrire la première ligne. Zola se veut différent de la Comédie Humaine de Balzac : « Je ne veux pas peindre la société contemporaine, mais une seule famille en montrant le jeu de la race modifiée par le milieu. [...] Ma grande affaire est d'être purement naturaliste, purement physiologiste ».

Il veut en outre écrire des « romans expérimentaux ». Il affirme que le romancier ne peut plus se contenter de l'observation, mais se doit d'adopter une attitude véritablement scientifique, soumettant le personnage à une grande variété de situations, éprouvant son caractère, faisant apparaître un jeu de relations, de généralités, de nécessités et, surtout, fondant son travail sur une solide documentation.

Le naturalisme de Zola

L'auteur trouve dans une étude du docteur Lucas, « Traité philosophique et physiologique de l'hérédité naturelle » les principes de construction de la famille des « Rougon-Macquart ». Selon Lucas, le processus héréditaire peut aboutir à trois résultats différents : l'élection (la ressemblance exclusive du père ou de la mère), le mélange (la représentation simultanée du père et de la mère), la combinaison (fusion, dissolution des deux créateurs dans le produit).

Zola dresse un arbre généalogique dans lequel il établit des correspondances entre les personnages et les romans. Il prépare ensuite un premier plan de dix romans qui s'inscrivent dans un ordre chronologique. Toute la structure interne des Rougon-Macquart est expliquée par la névrose d'Adelaïde Fouque, dont le père a fini dans la démence et qui, après la mort de son mari, un simple domestique nommé Pierre Rougon, prend pour amant un ivrogne, Antoine Macquart.

La descendance de celle que l'on appelle tante Dide est ainsi marquée par la double malédiction de la folie et de l'alcoolisme que l'on retrouve dans tous les volumes. Ainsi, le docteur Pascal, héros du vingtième et dernier volume (voir le Docteur Pascal), s'effraye en comprenant subitement la tragique destinée de sa famille. C'est le Docteur Pascal, 1893 qui clôt l'ensemble, à la fois parce qu'il en est le dernier roman et parce que son héros, qui effectue des recherches sur l'hérédité, prend l'histoire de sa propre famille comme terrain d'observation.

Aujourd'hui, les théories scientifiques qui fondent les « Rougon-Macquart » sont tout à fait dépassées, mais l'œuvre, elle, reste toujours actuelle, sans doute parce que, au-delà des ambitions scientifiques de son auteur, elle demeure une réalisation considérable sur le plan littéraire.

Un roman expérimental

Jacques est déterminé par son environnement et l'hérédité. L'auteur cherche en effet à prouver sa théorie déterministe en mettant Jacques « en situation ». On sait que la tare, la « fêlure » héréditaire, affecte plusieurs membres de la branche des Macquart, sous forme de violence et de névrose criminelle. Il veut nous prouver de l'existence de l'influence de l'hérédité et du milieu sur les personnes.

Il apparaît alors logique que les meurtres crapuleux, passionnels, et que les viols s'enchaînent. Le suicide de Flore et le déraillement complètent ce tableau tragique. Comme dans ses autres romans naturalistes, Zola met en place des descriptions réalistes à travers les situations, les lieux et les points de vue les plus significatifs. Il évoque ainsi les deux gares Paris Saint-Lazare et Le Havre, la vie des dépôts ferroviaires, la technique de la locomotive, sa progression tout au long du parcours, le monde vu du train, le train vu de la voie, les tunnels.

Zola lui-même a accompagné un chauffeur de locomotive sur le trajet de Paris à Mantes. Le chemin de fer n'est pas qu'un décor, il est toujours associé aux points de vue des personnages. Le roman est naturaliste par le refus de Zola d'idéaliser le réel.

La « fêlure héréditaire » de la Bête humaine

La métaphore animale est centrale dans le texte et caractérise la plupart des personnages. Roubaud tue Grandmorin par jalousie, ce dernier est d'ailleurs qualifié de « cochon ». Cabuche est un vagabond quelque peu demeuré. « Bête violente », il a déjà été meurtrier. Misard, le garde-barrière, empoisonne sa femme. Flore est une fille sauvage et rude, comme la région désolée de La Croix-de-Maufras.

Cependant, c'est à Jacques Lantier que la métaphore s'applique principalement. Pour préparer le roman, Zola a consulté des études liant criminalité et hérédité, comme L'Homme criminel de Lombroso et La Criminalité comparée de Gabriel Tarde. La criminalité serait pathologique et héréditaire. Les passions amoureuses et meurtrières seraient liées.

Roubaud est furieux et Zola évoque « la bête hurlante au fond de lui ». Jacques Lantier est dominé par « bête enragée qui montait en lui ». Sa passion lui est étrangère et le domine, comme une bête galopante et envahissante. Cette tare a été héritée de Tante Dide : « La famille n'était guère d'aplomb, beaucoup avaient une fêlure. Lui, à certaines heures, il la sentait bien, cette fêlure héréditaire. Il ne s'appartenait plus, il obéissait à la bête enragée. Il payait un lent empoisonnement, une sauvagerie qui le ramenait avec les loups mangeurs de femmes, au fond des bois. »

Lantier s'interroge sur la dégénérescence héréditaire qui accable sa famille depuis Adélaïde Fouque. Il remonte vers l'origine des comportements primitifs et sauvages qui lui ont été transmis, par Gervaise, Étienne, leurs ancêtres, etc. Cette fêlure est au cœur de la réflexion de ce roman de Zola. En effet, la tare touche la plupart des membres de la famille Macquart. Elle passe par des pulsions meurtrières, la violence, l'alcoolisme, une sexualité bestiale qui pousse au viol.

C'est dans ce cadre que s'inscrit Jacques Lantier, qui essaie de rationaliser ce qu'il ressent, ses envies de meurtre. Bien qu'il ne parvienne pas à trouver une réponse claire à son héritage, Zola a inscrit dans son personnage toute sa vision déterministe du monde. Ce déterminisme est biologique, sociologique et génétique, et Jacques ne semble pas pouvoir y échapper.

La métaphore de la « fêlure » désigne une lésion, une blessure, une fuite de l'équilibre vital dans le registre de « l'homme-chaudière ». Pour Gilles Deleuze, dans une préface à La Bête humaine comme dans Logique du sens, la fêlure serait liée à l'instinct de mort. Pour Zola, elle se réfère à une névrose héréditaire, à une perte d'équilibre, « des cassures, des trous par lesquels son moi s'échappait ». Ses pulsions meurtrières le réduisent à l'animalité, à cette « sauvagerie qui le ramenait avec les loups mangeurs de femmes, au fond des bois ».

Une description des chemins de fer

« La Bête humaine » est un roman sur les chemins de fer et du monde nouveau qui s'est organisé autour avec le train, les deux gares de la ligne et le lieu maudit où l'on trouve à la fois la maison du garde-barrière et celle du président, le lieu où se produisent les accidents. L'histoire se déroule tout au long de la ligne Paris-Le Havre.

Emblème du Progrès, le train est associé à la violence. La fin du roman s'achève par la critique de la bestialité industrielle et militaire qui annonce le XXe siècle.

Dans la même collection en numérique

Les Misérables

Le messager d'Athènes

Candide

L'Etranger

Rhinocéros

Antigone

Le père Goriot

La Peste

Balzac et la petite tailleuse chinoise

Le Roi Arthur

L'Avare

Pierre et Jean

L'Homme qui a séduit le soleil

Alcools

L'Affaire Caïus

La gloire de mon père

L'Ordinatueur

Le médecin malgré lui

La rivière à l'envers - Tomek

Le Journal d'Anne Frank

Le monde perdu

Le royaume de Kensuké

Un Sac De Billes

Baby-sitter blues

Le fantôme de maître Guillemin

Trois contes

Kamo, l'agence Babel

Le Garçon en pyjama rayé

Les Contemplations

Escadrille 80

Inconnu à cette adresse

La controverse de Valladolid

Les Vilains petits canards

Une partie de campagne

Cahier d'un retour au pays natal

Dora Bruder

L'Enfant et la rivière

Moderato Cantabile

Alice au pays des merveilles

Le faucon déniché

Une vie

Chronique des Indiens Guayaki

Je voudrais que quelqu'un m'attende quelque part

La nuit de Valognes

Œdipe

Disparition Programmée

Education européenne

L'auberge rouge

L'Illiade

Le voyage de Monsieur Perrichon

Lucrèce Borgia

Paul et Virginie

Ursule Mirouët

Discours sur les fondements de l'inégalité

L'adversaire

La petite Fadette

La prochaine fois

Le blé en herbe

Le Mystère de la Chambre Jaune

Les Hauts des Hurlevent

Les perses

Mondo et autres histoires

Vingt mille lieues sous les mers

99 francs

Arria Marcella

Chante Luna

Emile, ou de l'éducation

Histoires extraordinaires

L'homme invisible

La bibliothécaire

La cicatrice

La croix des pauvres

La fille du capitaine

Le Crime de l'Orient-Express

Le Faucon malté

Le hussard sur le toit

Le Livre dont vous êtes la victime

Les cinq écus de Bretagne

No pasarán, le jeu

Quand j'avais cinq ans je m'ai tué

Si tu veux être mon amie

Tristan et Iseult

Une bouteille dans la mer de Gaza

Cent ans de solitude

Contes à l'envers

Contes et nouvelles en vers

Dalva

Jean de Florette

L'homme qui voulait être heureux

L'île mystérieuse

La Dame aux camélias

La petite sirène

La planète des singes

La Religieuse

1984 A l'Ouest rien de nouveau

Aliocha

Andromaque

Au bonheur des dames

Bel ami

Bérénice

Caligula

Cannibale

Carmen

Chronique d'une mort annoncée
Contes des frères Grimm
Cyrano de Bergerac
Des souris et des hommes
Deux ans de vacances
Dom Juan
Electre
En attendant Godot
Enfance
Eugénie Grandet
Fahrenheit 451
Fin de partie
Frankenstein
Gargantua
Germinal
Hamlet
Horace
Huis Clos
Jacques le fataliste
Jane Eyre
Knock
L'homme qui rit
La Bête humaine
La Cantatrice Chauve
La chartreuse de Parme
La cousine Bette
La Curée
La Farce de Maitre Pathelin
La ferme des animaux
La guerre de Troie n'aura pas lieu
La leçon
La Machine Infernale
La métamorphose
La mort du roi Tsongor
La nuit des temps
La nuit du renard
La Parure

La peau de chagrin
La Petite Fille de Monsieur Linh
La Photo qui tue
La Plage d'Ostende
La princesse de Clèves
La promesse de l'aube
La Vénus d'Ille
La vie devant soi
L'alchimiste
L'Amant
L'Ami retrouvé
L'appel de la forêt
L'assassin habite au 21
L'assommoir
L'attentat
L'attrape-coeurs
Le Bal
Le Barbier de Séville
Le Bourgeois Gentilhomme
Le Capitaine Fracasse
Le chat noir
Le chien des Baskerville
Le Cid
Le Colonel Chabert
Le Comte de Monte-Cristo
Le dernier jour d'un condamné
Le diable au corps
Le Grand Meaulnes
Le Grand Troupeau
Le Horla
Le jeu de l'amour et du hasard
Le Joueur d'échecs
Le Lion
Le liseur
Le malade imaginaire
Le Mariage de Figaro
Le meilleur des mondes

Le Monde comme il va

Le Parfum

Le Passeur

Le Petit Prince

Le pianiste

Le Prince

Le Roman de la momie

Le Roman de Renart

Le Rouge et le Noir

Le Soleil des Scortas

Le Tartuffe

Le vieux qui lisait des romans d'amour

L'Ecole des Femmes

L'Ecume Des Jours

Les Bonnes

Les Caprices de Marianne

Les cerfs-volants de Kaboul

Les contes de la Bécasse

Les dix petits nègres

Les femmes savantes

Les fourberies de Scapin

Les Justes

Les Lettres Persanes

Les liaisons dangereuses

Les Métamorphoses

Les Mouches

Les Trois mousquetaires

L'étrange cas du Dr Jekyll et de Mr Hyde

L'Ile Au Trésor

L'île des esclaves

L'illusion comique

L'Ingénu

L'Odyssée

L'Ombre du vent

Lorenzaccio

Madame Bovary

Manon Lescaut

Micromégas

Mon ami Frédéric

Mon bel oranger

Nana

Ne tirez pas sur l'oiseau moqueur

Notre-Dame de Paris

Oliver twist

On ne badine pas avec l'amour

Oscar et la dame rose

Pantagruel

Le Misanthrope

Perceval ou le conte du Graal

Phèdre

Ravage

Roméo et Juliette

Ruy Blas

Sa Majesté des Mouches

Si c'est un homme

Stupeur et tremblements

Supplément au voyage de Bougainville

Tanguy

Thérèse Desqueyroux

Thérèse Raquin

Ubu Roi

Un Barrage contre le Pacifique

Un long dimanche de fiançailles

Un secret

Vendredi ou la vie sauvage

Vipère au poing

Voyage au bout de la nuit

Voyage au centre de la terre

Yvain ou le Chevalier au lion

Zadig

À propos de la collection

La série FichesdeLecture.com offre des contenus éducatifs aux étudiants et aux professeurs tels que : des résumés, des analyses littéraires, des questionnaires et des commentaires sur la littérature moderne et classique. Nos documents sont prévus comme des compléments à la lecture des oeuvres originales et aide les étudiants à comprendre la littérature.

Fondé en 2001, notre site FichesdeLectures.com s'est développé très rapidement et propose désormais plus de 2500 documents directement téléchargeables en ligne, devenant ainsi le premier site d'analyses littéraires en ligne de langue française.

FichesdeLecture est partenaire du Ministère de l'Education du Luxembourg depuis 2009.

Plus d'informations sur www.fichesdelecture.com

ISBN: 978-2-511-02850-6

Notes :